AF359394

LE PREMIER LIVRE

DE

L'ILIADE

EN VERS FRANÇOIS.

Par Mr D....

A PARIS,

Chez PIERRE EMERY, Quay des Augustins,
au coin de la ruë Gille-cœur, prés l'Hôtel
de Luynes, à l'Ecu de France.

M. DCCI.

AVEC PRIVILEGE DU ROY.

A
MONSEIGNEUR
LE DUC
DE
BOURGOGNE.

MONSEIGNEUR,

Je ne vous ai point encore offert d'Ouvrage avec la même confiance que celui-ci. Si j'ai déja oZé mettre fous Vos aufpices quelques Productions

EPISTRE.

d'une *Muse Lirique*, je n'ignorois pas le peu de proportion qu'elles avoient avec *Vous*; *Vôtre* bonté & mon Zele étoient les feules raisons qui m'autorisoient à *Vous* les offrir : *Mais aujourd'huy*, MONSEIGNEUR, l'*Ouvrage* dont je *Vous* consacre les prémices porte sa recommandation auprés de *Vous* dans le seul nom d'*Homere*. *J'avoüe*, MONSEIGNEUR, que ce n'en est ici qu'une legere imitation, heureux encore si elle *Vous* rappelle quelques-unes des graces de l'*Original*. *J'y* ai du moins emploïé toutes mes forces, & j'ai tâché d'élever encore mon genie par la confideration de l'*Auteur* que je traduisois, & du *Prince* à qui je me proposois de l'offrir. *En effet*, MONSEIGNEUR, quel *Auteur* plus digne de *Vous* qu'*Homere*, & quel *Lecteur* plus digne de lui que *Vous-même*? *Ses Ouvrages*, fur tout l'*Iliade*, ont fait le plaisir & l'admiration de tous les tems : chaque siecle a toûjours ajoûté à leur réputation, & même plufieurs écrivains celebres n'ont pas crû pouvoir mieux emploïer leur tems, leur étude, & leur esprit qu'à pénetrer toutes les beautez d'*Homere*, & à les faire remarquer aux autres ; enfin jamais *Auteur* appuïé de tant de fuffrages, ne parut plus digne du

EPISTRE.

Vôtre ; mais aussi, MONSEIGNEUR, *qui pourroit en juger mieux que Vous ? quelle imagination plus délicate pour en sentir toutes les graces ? quel jugement plus droit pour en tirer de solides reflexions, au lieu d'y prendre, contre le dessein d'Homere même, une fausse idée de grandeur & de vertu ? L'Iliade fut un piege pour Alexandre, il y admira le caractere d'Achille & il en imita jusqu'aux défauts : mais,* MONSEIGNEUR, *Vous ne courez pas les mêmes risques d'être seduit par l'apparence. Petit fils de* LOUIS *le Grand, Fils d'un pere qui fait sa gloire de l'imiter, Vous ne sçauriez vous tromper sur la vertu : né avec un heureux penchant pour elle, nourri dans l'habitude de l'aimer & de la connoître, Vous en remarquez de plus dans les exemples de* LOUIS *les traits les plus heroïques, & qui la caracterisent davantage ; Il nous a appris cent fois, & il nous le confirme encore tous les jours, selon que les evenemens exercent ses vertus, qu'il n'y a point de grandeur solide si elle n'est fondée sur la justice ; point de veritable valeur si la sagesse ne la regle, en un mot, point de vertu si le devoir n'en est le principe. C'est là,* MONSEIGNEUR, *l'unique regle que Vous étudiez sans cesse, c'est*

le modele que vous vous proposez de suivre,
pour donner à Vôtre tour des leçons de justice à
l'Univers. Je ne puis revenir, à l'Ouvrage que
je vous offre aprés de si hautes idées; & je n'y
ajoûterai, MONSEIGNEUR, que les sinceres
assûrances du profond respect & du dévoüement
entier avec lequel je suis,

MONSEIGNEUR,

Vôtre tres-humble & tres
obéïssant Serviteur,
DE LA MOTTE.

PREFACE.

IL n'y a point d'Auteur plus celebre qu'Homere, & cependant il n'y a gueres d'Ouvrages moins connus que les siens : sa Langue n'est plus entenduë que d'un petit nombre de Sçavans, qui même n'ont pas tous assez de goût, pour juger d'un Auteur qu'ils entendent. Ainsi la plus part des gens admirent ou dedaignent Homere sans le connoître, & ils n'apuïent d'ordinaire le jugement qu'ils en font que sur le suffrage ou la critique des autres.

Le nombre de ces juges mal instruits s'est considerablement accrû depuis la dispute qui s'est élevée sur les Anciens & les Modernes. Chacun a pris parti selon son genie, & a decidé du merite des Anciens sur des beautez ou des défauts que d'ingenieux Ecrivains s'efforçoient tour à tour d'y faire appercevoir. Il étoit aisé de se tromper en jugeant sur de pareils écrits ; car hors quelques veritez dont l'évidence frape également tous les hommes, tout le reste a diverses faces qu'un homme d'esprit sçait exposer comme il lui plaît ; & il peut toûjours montrer les choses d'un côté favorable au jugement qu'il veut qu'on en porte.

Les uns, par exemple, ont fait valoir pour Homere la difficulté de l'invention, l'étenduë du dessein, la nouveauté des idées, & le tems où Homere a écrit ; & en effet ces raisons, si elles ne rendent pas l'Ouvrage plus parfait en lui-même, rendent du moins l'Auteur personnellement admirable : les autres au contraire lui ont imputé des repétitions frequentes, des comparaisons basses & confuses, des Heros quelques fois grossiers, & des Dieux souvent ridicules ; mais ce qu'ils voïent sous cette apparence, ces pretendus défauts étoient à ce que pretendent les Partisans d'Homere, des beautez de son tems, & comme ces sortes de beautez ne sont ni de tous les Païs, ni de tous les siecles, ce n'est

qu'à

qu'à l'aide d'une profonde érudition qu'on en peut découvrir tout le mérite.

Je n'entrerai point dans cette discution; je laisse à chacun à justifier son dégoût ou son admiration pour Homere; pour moi, sans exagerer ni vouloir diminuer son mérite, je m'efforcerai seulement de rendre ses beautez afin que le Lecteur lui-même en puisse juger équitablement.

Voici le principe que je me suis fait pour y reussir. Il y a trois choses dans Homere comme dans tout autre Auteur: l'ordre, le sens, & l'expression. Pour le traduire il faut suivre son ordre, rendre son sens, & trouver s'il se peut des expressions équivalentes aux siennes. Je n'entends pas par expressions équivalentes les tours & les termes François qui paroissent le mieux répondre à de certains tours & à de certains termes Grecs; car je suppose comme on le doit sur le témoignage de la Grece florissante, que les tours & les termes d'Homere sont toûjours les plus beaux de sa langue, au lieu que les tours & les termes François qui y répondent ne sont pas de même les plus beaux de la nôtre.

donc, dés qu'on a une fois faifi le fens d'Homere, il ne faut plus fonger à fon ex- preffion, mais fe demander feulement à foi-même comment ce Poëte dont on a une fi haute idée exprimeroit un tel fens s'il vivoit parmi nous ; chercher enfuite dans nôtre Langue dequoi exprimer ce fens avec grace & avec force & travailler toûjoursà y mettre la perfection jufqu'à ce qu'on ne fe fente plus capable de mieux faire. Je fçai qu'il m'aura fouvent été inutile de m'exciter par ces confiderations : j'ai cherché le fu- blime, mais peut-être n'aurai-je trouvé au plus que le médiocre. C'eft cette défiance qui m'a empêché de pourfuivre l'Ouvrage avant que de fçavoir le fentiment du pu- blic. Je lui expofe ce premier Livre com- me un effai, & le jugement qu'il en fera, me tiendra lieu de Loi pour continuer ou pour me taire.

J'ai pris cependant tous les foins poffi- bles pour meriter fon fuffrage. J'ai fuivi felon mes forces dans ma maniere de tra- duire, l'exemple & les avis d'un homme que fon merite & la voix publique ont

fait l'arbitre des Ouvrages d'efprit. Monfieur Defpreaux a traduit quelques endroits
d'Homere dans fon Traité du Sublime,
& pour leur donner toute la force qu'ils
ont dans le Grec, il n'a pas craint d'ajoûter
au Grec même. En voici un exemple.

L'Enfer s'émeut au bruit de Neptune en furie.
Pluton fort de fon Trône, il pâlit, il s'écrie,
Il a peur que ce Dieu dans cet affeux fejour,
D'un coup de fon Trident ne faffe entrer le jour,
Et par le centre ouvert de la terre ébranlée
Ne faffe voir du Stix la rive defolée,
Ne découvre aux vivans cet empire odieux,
Abhoré des mortels & craint même des Dieux.

Il n'y a point dans le Grec d'un coup de
fon Trident, ni quelques autres circonftan-
ces; mais ces traits ajoûtez à la peinture
d'Homere ne la changent qu'afin qu'elle
faffe tout fon effet à nos yeux ; & comme
Monfieur Defpreaux a jugé que les ex-
preffions Greques la mettoient dans tout
fon jour, au lieu que les Françoifes, à
moins d'y fuppléer, ne lui donneroient
pas la même force, il a prêté quelque
chofe à Homere , pour compenfer ce

qu'il croïoit lui faire perdre d'ailleurs; il y a des gens qui ne goûtent pas ces libertez, qui diront que ce n'est plus Homere, & qu'enfin ce n'est pas là traduire. Mais sans disputer des mots, de quelque nom qu'ils appellent ces licences, il n'y a pas d'autre party à prendre quand on veut plaire en traduisant un Auteur.

Il y a deux sortes de Traductions; les unes litterales, & c'est à celles-là que le nom de Traduction semble être propre; les autres plus hardies & qui doivent plûtôt passer pour des imitations élegantes qui tiennent le milieu entre la Traduction simple & la Paraphrase. Les premieres ont leur utilité pour ceux qui n'y cherchent que de l'érudition; on s'y instruit des choses qu'un Auteur a traitées & de l'ordre qu'il a suivi; le Traducteur y abandonne même le tour & le genie de sa Langue, pour suivre servilement celle de son Original. L'autre espece de Traduction est plus ambitieuse, c'est peu qu'elle soit utile, elle doit plaire; ce n'est pas assez d'y exprimer le sens d'un Ouvrage, il en faut rendre aussi, s'il se peut, toute la force & tout l'agrément.

Le premier traducteur n'a que le mérite de ces artisans grossiers qui ne sçavent qu'étendre du plâtre sur un visage pour en tirer une ressemblance exacte, mais toûjours insipide ; & le second ressemble à un Peintre habile, qui en copiant les traits d'un homme sçait encore donner de l'ame à la ressemblance, & réveille ainsi par une imitation vive dans ceux qui ne voïent que l'image toute l'idée que l'Original pourroit leur donner.

Il resulte de cette distinction des manieres de traduire, que la Prose, même la plus simple, suffit pour les Traductions litterales, mais que dans les autres il faut emploier la Prose élegante ou les Vers selon le stile des Originaux qu'on traduit.

La Prose & les Vers ont des beautez & des usages differens dans toutes les langues; il seroit ridicule de traduire un Orateur en Vers, ce stile ne convient point à son dessein, ni à ses idées ; mais pourquoi au contraire traduire un Poëte en Prose? Croit-on que ce stile suffise aux fictions & aux idées Poëtiques, & d'ailleurs, peut-on jamais lui donner cette harmonie qui est par tout particuliere aux Vers. Je sçai que le public est toûjours fort redevable à des Sçavans, qui n'aiant pas le genie Poëtique, défaut dont on pourroit les feliciter, veulent cependant faire connoître à leur Pais, autant qu'il est en eux, des Poëtes anciens ou étrangers qui peuvent avoir beaucoup de choses estimables indépendantes du stile ; mais du moins doivent-ils convenir qu'ils n'en peuvent exprimer les graces les plus propres, & s'attendre que par cet endroit ils nuiront toûjours à la reputation de leur Original. Cette régle toute generale qu'elle est peut cependant avoir son exception, & je ne doute pas, par exemple, que Madame d'Acier ne nous puisse donner une Prose qui ne feroit pas souhaiter un autre stile; mais la régle n'en subsisteroit pas moins & son exemple ne tireroit pas à conséquence.

On n'a encore traduit l'Iliade qu'en Prose; car je ne compte pas la Traduction de Salel qui pouvoit avoir quelque beauté de son

PREFACE.

tems ; mais alors la Langue & la Poëſie
Françoiſe étoient encore également infor-
mes, & l'Ouvrage eſt devenu inutile pour
un ſiecle où l'une & l'autre ſemblent avoir
acquis leur perfection.

Monſieur l'Abbé Regnier vient d'en donner un premier Livre en Vers, & s'il avoit
eu deſſein de continuer, on ne produiroit
pas aujourd'hui cet eſſai. La conſideration
qu'on a pour ſa perſonne & l'eſtime qu'on
doit à ſon mérite & à ſa capacité ſont d'aſſez puiſſantes raiſons pour empêcher de
courir une même carriere avec lui ; mais
comme il a declaré qu'il ne pourſuivroit
pas ſon travail, & que j'ai oſé l'entrepren-
dre à ſon refus, il a fallu commencer
par le Livre qu'il avoit déja fait, avant
que de paſſer aux autres qu'il n'a pas deſſein de faire.

Voila les raiſons que j'avois à donner de
mon deſſein; il ne me reſte qu'à en rendre
quelques-unes ſur l'execution même. Je
me ſuis attaché à trois choſes; à la briéve-
té, à la clarté & à l'agrément.

Pour la brieveté, j'ai tâché de n'emploïer

aucune Epithete qui n'exprimât quelque circonstance utile & du sujet. Avec cette attention, on peut quelquefois renfermer dans un mot le sens d'une Phrase entiere, & cette brieveté, quand elle n'est pas excessive, produit necessairement la force & la beauté des Vers. L'amas des circonstances & des images frape & remplit l'imagination, & c'est ce qu'on appelle force. Les Vers foibles font ceux où le fens est en moindre proportion que les paroles.

Je n'ai presque rien retranché qu'une repetition qui m'a paru ennuïeuse & n'avoir aucun fondement. C'est quand Achile repete à sa mere dont il implore le secours, ce que le Lecteur vient de voir, & ce qu'elle sçait elle-même comme Achile lui dit d'abord. Je ne voi pas, puisque ce détail n'apprend rien à Thetis, la raison d'ennuïer le Lecteur par une repetition des mêmes choses & presque des mêmes termes qu'il vient de lire. Je laisse aux sçavans à y trouver des beautez, pour moi j'ai craint que cela ne rebutât; & sur ce principe à moins qu'on ne m'en desabuse, je retrancherai

dans

dans la fuite, tout ce qui me paroîtra aufli inutile, & je ne m'affervirai point à ces redites exactes qu'Homere emploïe fans fcrupule & qui apparemment n'ennuïoient pas de fon tems. Au refte ce retranchement n'eft que de douze ou quinze Vers; Et à cela prés, ce n'eft point en retranchant que j'ay voulu être court, c'eft en ferrant le fens & en menageant les paroles, c'eft en tâchant de ne pas emploïer deux Vers à ce qu'un feul pouroit exprimer. Le principe eft bon; je crains de l'avoir mal fuivi; je ne me flate point d'avoir exprimé tout, encore moins de l'avoir fait heureufement; tout ce que je puis dire, c'eft que ma Traduction eft courte; elle a moins de cinquante Vers que l'original, & par là elle eft toûjours moins mauvaife que fi fans être meilleur elle étoit plus longue.

Pour la clarté, j'ai évité autant que j'ai pû les tranfpofitions & les longues periodes; les unes laiffent une ambiguité fatiguante dans la conftruction, & rendent en même tems le ftile dur & contraint; les autres pour vouloir réunir trop de chofes dans

une phrafe, n'en developent aucune affez
diftinctement , & il faut fouvent revenir
avec une nouvelle attention fur ce qu'on a
lû, parce que les idées fe font confonduës
ou effacées l'une l'autre. Ajoûtez que ces
periodes qui donnent du nombre à la Profe
rompent la cadence & l'harmonie des Vers.
Un Vers eft toûjours plus beau , toutes
chofes égales , felon qu'il dépend moins
pour la liaifon de ce qui le precede & de
ce qui le fuit.

J'ai pris la liberté d'ajoûter de certaines
chofes pour en éclaircir d'autres, & de
changer l'arrangement dans quelques endroits pour donner plus de fuite aux difcours. Je parle toûjours par rapport à nôtre
Langue; car dans le Grec & felon le goût
de fon tems, il ne faut pas douter qu'Homere n'ait atteint la perfection.

Cette difference du fiecle d'Homere &
du nôtre m'a obligé à beaucoup de mé-
nagemens pour ne point alterer mon original, & ne point choquer auffi des Lec-
teurs imbus de mœurs toutes differentes
& difpofez à trouver mauvais tout ce qui

ne leur reſſemble pas. J'ai voulu donner
de l'agrément à ma Traduction, & des-là
il a fallu ſubſtituer des idées qui plaiſent
aujourd'hui à d'autres idées qui plaiſoient
du tems d'Homere. Il a fallu, par exemple,
anoblir par rapport à nous les injures
d'Achille & d'Agamemnon, éloigner de
la diſpute de Jupiter & de Junon toute
idée de coups & de violences; adoucir la
preference ſolemnelle qu'Agamemnon fait
de ſon Eſclave à ſon Epouſe, & exprimer
enfin diverſes circonſtances, de maniere
qu'en diſant au fond la même choſe qu'-
Homere, on la preſentât cependant ſous
une idée conforme au goût du ſiecle. Je
l'ai fait par tout autant qu'il m'a été poſſi-
ble avec la diſcretion qu'un Auteur auſſi
reſpectable qu'Homere exigeoit d'un Traducteur tel que moi.

ILIADE

L'ILIADE
D'HOMERE.

LIVRE PREMIER.

MUSE, raconte-moi ce couroux obftiné,
Qui coûta tant de fang au Grec abandonné ;
Ce qu'Achille outragé lui fit fentir d'allarmes.
Mille Heros privez du fecours de fes armes,
Ont fervy, moiffonnez au plus beau de leurs jours,
De trophée à la Parque, & de proye aux Vautours.
Tel fut de Jupiter le decret homicide ;
Depuis qu'aux cœurs d'Achille & du puiffant Atride
La difcorde infolente eut verfé fon poifon,
Et dans ces cœurs aigris eut éteint la raifon.
Quel Dieu de ces Heros rompit l'intelligence ?
Apollon. Son Grand Prêtre implora fa puiffance ;

A

Bientôt de traits vangeurs le Camp fut ravagé;

La peste immoloit tout à Cryfés outragé.

Pour dérober fa fille aux maux de l'efclavage,

L'Amour l'avoit conduit fous ce fatal rivage,

Et pour forcer les Grecs à brifer fa prifon,

L'Amour l'avoit chargé d'une riche rançon.

Il paroît ; d'Apollon le Sceptre, la Couronne

Accroît la Majefté que fon âge lui donne.

Vous Atrides, dit-il, vous Grecs qui les fuivez,

Puifliez-vous voir bien-tôt vos travaux achevez,

Et laiffant vôtre affront fous les debris de Troye,

Rentrer dans vos foyers, pleins d'honneur & de joye.

De ma fille, à ces dons, laiffez tomber les fers.

Je la demande au nom du Maître que je fers.

Tous les cœurs font émeus pour ce malheureux pere.

Tous reverent en lui fon facré caractere.

Du retour de fa fille ils approuvent le prix.

Atride à leurs refpects fent croître fes mépris,

Et feul bravant l'arreft que tout fon Camp prononce,

Son inflexible orgueil lui dicte fa réponce.

Vieillard, loin de ce Camp precipite tes pas.

Tout ce vain appareil ne t'y défendroit pas.

Ta préfence m'aigrit, ta priere m'outrage.

Ta fille eft pour jamais livrée à l'efclavage.

Et dans les longs travaux où je veux l'avilir,
La Gréce doit la voir indignement vieillir.

Il dit ; le Prêtre garde un silence timide.
Il s'éloigne, & bien-tôt loin des regards d'Atride,
L'œil en pleurs & le cœur oppressé de sanglots,
A son Dieu tutelaire il adresse ces mots.

Toi dont l'arc redoutable, & la vaste puissance
Bravent d'un ennemi l'inutile distance,
Dieu de Cylle & de Cryse, écoute & vange moi.
Si le soin de ton Temple est mon unique emploi ;
Si jamais en ton nom, les flames devorantes
Ont consumé les cœurs des Victimes sanglantes :
Si leurs membres fumans sur ton Autel epars
Ont quelque fois du Ciel attiré tes regards :
Lance tes traits vangeurs sur une armée impie,
Et si tu vois mes pleurs, que son sang les expie.

Il dit ; le Dieu l'entend, & du plus haut des Cieux
Armé de tous ses traits il descend furieux.
Le bruit l'annonce en vain, des nuages le couvrent.
Mais, non loin des Vaisseaux ces nuages s'entrouvrent.
Delà, lançant ses traits, ainsi que des éclairs,
D'un homicide bruit il fait fremir les airs.
Les troupeaux tombent morts, essay de sa puissance.
Mais bien-tôt sur les Grecs il étend sa vengeance ;

Et déja les Soldats font par tout occupez
A couvrir les buchers de ceux qu'il a frapez.

Neuf jours ces traits mortels volerent fur l'Armée.
De leur ravage affreux Junon eſt alarmée.
De ſes Grecs expirans elle plaint le deſtin.
Elle veut à la mort arracher ce butin.
Et contre ces malheurs ſa bonté tutelaire
Inſpire au cœur d'Achille un deſſein ſalutaire.
Il aſſemble les Grecs, & s'adreſſe à leur Roy :

Que ſervent tant de bras reunis ſous ta loy ?
Malgré tous nos projets ton Armée eſt réduite
A chercher ſans honneur ſon ſalut dans la fuite :
Encor, ſi de la mort les triomphes nouveaux
Lui laiſſent le loiſir d'atteindre nos Vaiſſeaux.
Sur ce danger preſſant conſultons un Augure
Qui du ſombre avenir perce la nuit obſcure,
Inſtruit à penetrer le ſens myſterieux
Des ſonges qui ſouvent ſont les avis des Dieux.
Qu'il régle nôtre ſort, que ſa voix nous apprenne
Du couroux d'Apollon l'origine incertaine ;
Quel crime à nôtre perte auroit pû l'animer,
Et par quel Sacrifice on peut le deſarmer.

A ce diſcours d'Achille, un Augure ſe leve ;
C'eſt Calchas, d'Apollon cet infaillible éleve,

Qui, comme le préſent voit d'un regard certain
Tout l'avenir écrit au Livre du deſtin.

Qui juſqu'aux bords Troyens, ſur le dos de Neptune,
Des Grecs impatiens conduiſit la fortune.

Tu veux ſçavoir, dit-il, pour quel crime punis,
Nous ſentons d'Apollon tous les traits reunis.

J'en penetre la cauſe, & les Grecs vont l'aprendre.
Toi, qui me fais parler, jure de me défendre.

Je vais par mes diſcours m'attirer le couroux
D'un Roy puiſſant, d'un Roy qui vous commande à tous.

Pour me porter peut-être une atteinte certaine,
Sous un calme apparent il va cacher ſa haine.

Mais toûjours redoutable, il faut que contre lui
Un ferment ſolemnel m'aſſure ton appui.

Ne crains rien, dit Achille, à cet indigne obſtacle
C'eſt déja trop laiſſer retarder ton Oracle.

Je jure par le Dieu qui ſaiſit tes eſprits,
Par les ſaintes fureurs dont ton cœur eſt épris.

Ne crains aucun des Grecs, fut-ce Atride lui-même;
Ce bras eſt ton appui contre ſon rang ſuprême;

Prononce ſans égard pour lui ni pour les ſiens;
Tes jours ſont en ces lieux auſſi ſûrs que les miens.

La crainte à ce ferment fuit du cœur de l'Augure.

Aprenez, leur dit il, & reparez l'injure.

Ce n'eſt point que du Dieu les traits empoiſonnez
Vangent ſes ſaints Autels deſerts ou profanez ;
C'eſt l'exil de Cryſés que nôtre ſang expie ;
Son Dieu punit les Grecs d'un eſclavage impie. [ferts !
Quels maux vont ſuivre encor tant de tourmens ſouf-
Si Cryſéide enfin ne voit briſer ſes fers.
Qu'on la rende, & qu'à Cryſe une Hecatombe offerte
Calme le Dieu vangeur armé pour nôtre perte.

Atride à ce diſcours ſe leve furieux.
Sa colere contrainte étincelle en ſes yeux.
Sur l'Augure fatal qui contre lui prononce
Un regard menaçant devance ſa réponſe.

Juſqu'à quand, malheureux, dans tes triſtes fureurs
Feras-tu tes plaiſirs d'annoncer nos malheurs ?
Dès volontez des Dieux incommode Miniſtre,
Ta voix nous eſt toûjours d'un preſage ſiniſtre.
Tu dis que pour Cryſés mes injuſtes dedains
Ont armé d'Apollon les redoutables mains ;
Le Ciel par tant de morts demande Cryſéide ;
D'un partage ſi doux veux-tu priver Atride ?
Car enfin, à tes yeux je ne m'en cache plus,
Mes feux pour ma Captive ont fondé mes refus.
Je l'aime ; & de ce bien mon ame trop jalouſe
Déja ſe partageoit entr'elle & mon épouſe.

Cependant, s'il le faut, je la rends dés ce jour ;

Le salut de la Grece est mon premier amour.

Mais quand d'un bien si doux moi-même je me prive,

Je veux qu'un autre prix remplace ma Captive.

Par quels avares soins ton cœur est avili !

De l'honneur de ton rang quel est ce lâche oubli ?

Dit Achille, d'où vient que ton cœur mercenaire

De son obeïssance exige le salaire ?

Tous les tresors conquis par nos travaux passez

Dans les mains de nos Grecs sont déja disperfez.

Quand chacun de sa part est le Maître paisible,

Veux-tu redemander un partage impossible ?

Aux remparts d'Ilion portons les derniers coups ;

Tu rougiras alors de t'être plaint de nous.

Mais desarme aujourd'hui la celeste vengeance,

Et laisse nous le soin de la reconnoissance.

Quoi donc, sorti des Dieux usurpe-tu leurs droits,

Et pense-tu, comme eux, donner ici des Loix ?

Répond le fier Atride au violent Achille.

Tu te pares ici d'une audace inutile.

Et de quel droit viens-tu, par tes libres avis,

Hors d'interest pour toi, disposer de mon prix ?

Je le rens, c'est aux Grecs que je le sacrifie ;

Mais qu'un nouveau partage aussi les justifie ;

Ou j'irai, ne suivant que mon dépit pour Loi,

Dépoüiller de leur prix Ajax, Ulisse, ou toi.

Le tems te fera voir à quel point je te brave.

Maintenant à Crysés renvoïons mon Esclave.

Que cent taureaux choisis montent sur son Vaisseau,

Qu'ils aillent expirer sous le sacré couteau.

Faisons partir Ajax, Idomenée, Ulisse,

Ou va toi-même à Cryse offrir ce sacrifice.

   Achille, l'œil en feu répond à ce discours.

Eh quoi de ton orgueil rien n'arrête le cours?

Indigne Chef des Grecs, ta superbe insolence

Devroit tous les souftraire à ton obeïssance.

C'est trop sur les Troyens réunir leur effort

Et braver sous tes Loix les hazards & la mort.

Qui m'anime moi-même à la chute de Troye?

Jamais les biens d'Achille ont-ils été leur proïe?

Jamais pour m'outrager ont-ils passé les eaux?

Les bords Thessaliens ont-ils vû leurs Vaisseaux?

Nos rives des Troyens sont encore ignorées.

Trop de Monts, trop de Mers séparent nos Contrées.

Ingrat, c'est pour toi seul que s'est armé mon bras.

Je m'exposois ici pour toi, pour Menelas.

D'un genereux secours digne reconnoissance!

Tu veux de mes travaux m'ôter la recompense;

Ce prix

Ce prix, ſur qui les Grecs, honorans mes Exploits,
M'ont donné contre tous d'inviolables droits.
Attens le jour fatal de la ſuperbe Troye,
Ce jour où ſes treſors deviendront nôtre proye.
Qu'on nous diſtingue alors par des prix inegaux,
Je conſens que ton rang prevaille à mes travaux.
Mais n'attends rien de moy, je quitte ce rivage;
C'eſt aſſez ſous tes Loix avilir mon courage;
Je pars. Crains que privé d'un appui ſi certain,
Tu ne cherches ſans fruit la gloire & le butin.

  Fuis, dit Agamemnon, ne crois pas fier Achille
Que je perde à regret ton ſecours inutile.
Aſſez d'autres ſans toi marcheront ſur mes pas;
Et ton abſence ici ne s'apercevra pas.
Je n'y perds qu'un Guerrier prompt à me contredire,
Qui ſeul de tous les Grecs, trouble icy mon Empire,
Qui, fier d'un cœur altier qu'il a reçû des Dieux,
Cherche à ſemer par tout un deſordre odieux.
Va, pars, & pour tout fruit d'une impuiſſante audace,
Remporte de ton Chef l'infaillible menace.
J'affranchis Cryſëide & mes Vaiſſeaux ſont prêts;
Les flots vont la porter dans les bras de Cryſés.
Mais au même moment, je veux qu'en ta preſence
Briſeide en mes mains prouve ton impuiſſance;

Et que le Camp furpris foit inftruit avec toy
Que les Dieux feuls ici font au deffus de moi.

Dans le cœur du Heros s'éleve un nouveau trouble.
Il brûloit d'un couroux que ce difcours redouble.
Dans un filence affreux il demeure un inftant.
Il confulte, il balance, & fon efprit flotant
Ne fçait s'il doit fe vaincre, ou fe vanger d'Atride.
L'efprit balance en vain, le cœur plus prompt decide.
Il eft prêt à frapper, quand Minerve des Cieux
Vient arrêter le fer qui déja brille aux yeux.
Le feul Achille voit & connoît la Déeffe.
Quel fujet, lui dit-il, en ces lieux t'intereffe?
Qui t'ameine? à tes yeux faut-il être outragé?
Laiffe-moi, qu'à tes yeux je fois auffi vengé.

Modere, dit Pallas, ce tranfport fanguinaire.
Junon a dans les Cieux tremblé de ta colere.
Ton fang, le fang d'Atride eft cher à fes defirs.
Par tes reproches feuls vange tes déplaifirs.
Un jour, un jour les Grecs, c'eft moi qui te le jure,
Viendront par leurs refpects effacer ton injure.
Mais jufques à ce jour qui doit t'être fi doux
Laiffe à l'ordre des Dieux enchaîner ton couroux.

J'obeïs, dit Achille, à ta Loi fouveraine.
Mon refpect pour les Dieux eft plus fort que ma haine.

Sa main au même inftant confirme fes égards,
Et le fer repouffé difparoît aux regards. *
Pallas s'éleve au Ciel ; le Heros qu'elle laiffe
Accorde encor ces mots au depit qui le preffe.

Quel orgueil effrené poffede Agamemnon !
Quel excés, quelle yvreffe a troublé ta raifon ?
Lâche, ton feul afpect doit détromper la Gréce ;
Et tes yeux de ton cœur decelent la foibleffe.
Jamais dans les Combats avec nous emporté
As-tu du moindre effort couvert ta lâcheté ?
Par tout dans tes frayeurs tu vois la mort prefente.
Les perils font pour nous, le feul butin te tente.
Ton bras du fang Troyen craindroit de fe foüiller ;
Et tu n'es Chef des Grecs que pour les dépoüiller,
Peuple digne du joug où ton orgueil le livre,
Digne de t'obeïr, puifqu'il te laiffe vivre !
A ces vils combattans, c'eft trop m'affocier ;
D'avec toy, d'avec eux je veux me délier.
Mais craignez tous, qu'ainfi que ce Sceptre fterile
Sur fa tige autrefois fut un Rameau fertile,
Qui feparé du tronc qui pouvoit le nourrir
A perdu fous le fer l'efpoir de refleurir :
Craignez, craignez ainfi, que feparez d'Achille
Vous n'oppofiez à Troye une haine fterile,

Et que du fer d'Hector vous ne sentiez les coups ;
Foibles rameaux d'un tronc qui vous soutenoit tous.
Alors, Atride, alors, témoin de ce carnage ,
Dequoi leur servira ton impuissante rage ?
Et combien de remords tous prêts à t'assieger
Jusqu'au fond de ton cœur iront-ils me vanger ?

   Son Sceptre au loin jetté garantit sa menace,
Atride dans son cœur fremit de cette audace :
Quand l'éloquent Nestor qui les voit s'animer,
Venerable Orateur , tâche de les calmer,
Lui qui depuis les jours que la Parque lui file
A vû naître trois fois un nouveau peuple à Pile :
Et qui, Roy du troisiéme élevé sous ses yeux ,
Commande à des Sujets dont il vit les Ayeux.

   Dans quels transports , dit-il , faut-il que je vous voye!
Quel desespoir pour nous ! quel triomphe pour Troye !
Si ce bruit se répand , vôtre désunion
Va contre vos exploits rassûrer Ilion.
Laissez à la raison calmer la violence,
Et respectez en moi l'âge & l'experience ,
Craindrez-vous d'imiter en suivant mes conseils
Ceux qui doivent servir d'exemple à vos pareils,
Piritoüs , Driante , Exadie , & Cenée ,
Le divin Polyspheme , & l'heritier d'Egée.

Jamais leur bras vengeur s'arma-t-il vainement ?

Quel monſtre dans leurs jours naquit impunement ?

Loin de Pile, à leur voix, je cherchay les alarmes,

Je vins à leurs travaux aſſocier mes armes.

Cent fois j'ai vû prés d'eux le peril ſans effroi,

Une part de leur gloire a rejailli ſur moi,

Ils ont de mes conſeils éprouvé l'aſſiſtance,

Et depuis un long âge a meuri ma prudence.

Croyez-en donc Neſtor, ou plûtôt la raiſon.

Elle aſſervit Achille au rang d'Agamemnon ;

Mais ſans autoriſer que le puiſſant Atride

Aille au mépris des Grecs lui ravir Briſeide.

L'un & l'autre ont ici d'inviolables droits ;

L'un eſt le fils des Dieux, l'autre eſt le Chef des Rois;

Ainſi tu dois, Atride, en regnant ſur toi-même

Juſtifier les Grecs de ton pouvoir ſuprême.

Et nous verrons Achille ardent à t'imiter,

Nous confirmer l'appui qu'il vouloit nous ôter.

  La raiſon, dit Atride, a parlé par ta bouche :

Mais dois-je me ſoumettre à cet eſprit farouche,

Qui toûjours dans ſes vœux inflexible, effrené,

Veut uſurper le rang que les Grecs m'ont donné ?

Fils des Dieux, pretend-t-il à leur independance ?

Croit-il l'outrage même un droit de ſa naiſſance ?

Non, en suivant tes Loix je croirois me trahir,
Je laisse à d'autres cœurs l'affront de t'obeïr,
Dit Achille, & ses yeux secondent ce langage.
Ne crains pas cependant d'obstacle à ton outrage :
Ma Captive à ton gré va passer dans tes mains.
Le silence des Grecs approuve tes desseins ;
Qu'ils reprenent leurs dons, ce sera leur suplice.
Mais sur ce qui me reste étend ton injustice,
Arme pour le ravir tout le Camp conjuré,
Viens : c'est avec ce fer que je te repondrai.

Quelque tems la discorde entretient leurs murmures.
Ils se levent enfin, aigris par tant d'injures,
Et gardent, en fureur tous deux s'envisageant,
Un dedaigneux silence encor plus outrageant.
Suivi de tous les siens Achille se retire.
A l'ordre de Calcas Atride va souscrire.
Pour apaiser les Dieux, sur un de ses Vaisseaux
Il place vingt Rameurs, embarque cent taureaux,
Y remet à regret l'aimable Cryséïde ;
Et nomme en soupirant Ulisse pour son Guide.
Sous les rames déja s'ouvre l'humide Champ.
Le Roy fait aussi-tôt purifier le Camp.
Le fer sacré s'aiguise, & cent Buchers s'alument.
Des taureaux immolez tous les rivages fument.

Les cris vont jusqu'au Ciel implorer Apollon,
Et la Campagne au loin retentit de son nom.

   Atride aprés ces soins, fidele à sa menace,
Veut du fils de Pelée humilier l'audace.
Taltibie, Euribate accourent à sa voix.

   Allez au Camp d'Achille, & portez-lui mes Loix,
Dit-il, amenez-moi la Captive qu'il aime :
Qu'il la rende, ou j'irai la demander moi-même,
Et l'enlevant aux yeux de ceux qui me suivront,
Je rendrai tout le Camp témoin de son affront.

   Pour cet ordre à regret ses Ministres s'aprêtent.
Ils vont, trouvent Achille, interdits ils s'arrêtent.
La crainte les saisit à l'aspect du Heros.
Lui qui les voit troublez les rassure en ces mots.

   Venez, dit-il, sans crainte enlevez vôtre proye;
Ma haine se termine au Roy qui vous envoye.
Cher Patrocle, remets Briseide en leurs bras,
Va, mon cœur en gemit, mais ne l'écoute pas.
Quels maux suivront de prés cette injustice extrême!
J'en atteste les Dieux, vous, Agamemnon même.
Maintenant par l'orgueil aveuglé, furieux,
Un avenir vengeur doit dessiller ses yeux;
Et les Grecs fugitifs ou morts en mon absence,
Feront voir de quel bras dépendoit leur défence.

Achille dit: Patrocle obeït à sa Loi.
Les Herauts vont livrer Briseide à leur Roy.
Elle marche avec eux, desolée, interdite;　　[quitté:
Craint les fers qu'elle cherche, & plaint ceux qu'elle
Achille, loin des siens, court, plein de son malheur,
Dans le Sein de Thetis épancher sa douleur,
Et l'œil noyé de pleurs qu'approuve son courage,
Genereux supliant, il lui tient ce langage:

Ma mere, si mes jours sont comptez par le sort,
S'il a joint de trop prés ma naissance & ma mort;
J'esperois moissonner, vous me l'aviez fait croire,
Dans mes rapides jours une éternelle gloire.
J'éprouve cependant un affront odieux:
Atride a démenti la promesse des Dieux.

Thetis sort à ces mots de ses grottes profondes;
Telle qu'une vapeur, s'éleve sur les ondes,
Du trouble du Heros veut se faire informer,
Et du doux nom de fils essaye à le calmer.
Ses soupirs un instant retardent sa réponse.

Que voulez-vous, dit-il, que ma voix vous annonce?
Quel sombre évenement échape à vos regards?
Thetis, vos yeux divins percent de toutes parts.
Vous sçavez de mes pleurs la source injurieuse,
Du fier Agamemnon la menace odieuse:

L'effet

L'effet vient de la fuivre ; & malgré mes foupirs
Brifeide enlevée échape à mes defirs.
Déeffe , vengez-moi de cette ignominie ;
Et reparez ma gloire , ou reprenez ma vie.
Allez à Jupiter, priez, n'épargnez rien,
Le fecours qu'il vous doit m'a merité le fien.
Vous l'avez derobé par ce fecours fidelle
Aux efforts reunis de la troupe immortelle,
Quand les Dieux refolus d'enchaîner fon pouvoir
Virent par vôtre zele avorter leur efpoir.
Par vos foins les cent bras de l'affreux Briarée
Diffiperent bien-tôt la troupe conjurée.
Neptune fut cacher fa honte fous la mer ;
Et ce jour fur fon Trone affermit Jupiter.
Allez lui demander le prix de fa puiffance.
Qu'il daigne des Troyens feconder la défence.
Que fon couroux vengeur livre au gré de mes vœux
Nos Soldats à leur fer, nos Vaiffeaux à leurs feux ;
Qu'au milieu du carnage Agamemnon gemiffe ,
Et que mon propre affront devienne fon fuplice.

  Thetis verfant des pleurs garents de fon amour ,
Sous quel Aftre , mon fils , vous ai-je mis au jour !
Lui-dit-elle, & faut-il que l'outrage & la honte
Troublent le peu de jours que la Parque vous compte ?

C

Triste mere, faut-il pour comble de malheurs,

En craignant vôtre mort, voir encor vos douleurs !

J'irai, mon fils, ce nom suffit pour m'y résoudre,

J'irai flechir pour vous le Maître de la foudre.

Il joüit maintenant des honneurs solemnels,

Qu'un Peuple exact & saint adresse aux immortels.

Les Dieux qui l'ont suivi veulent par leur presence

De leurs Adorateurs honorer l'innocence.

J'attens pour vous servir, qu'à son douziéme tour

Le Soleil ait au Ciel éclairé leur retour.

Alors de Jupiter j'implore la puissance.

Vous, cependant des Grecs abjurez la défence,

Et d'un Chef insolent qui vous ose outrager,

Que vôtre bras oisif commence à vous venger.

Achille voit alors disparoître sa mere,

Et demeure toûjours en próye à sa colere.

Ulisse cependant touche au bord souhaitté.

Le Vaisseau dans le Port par l'ancre est arrêté.

L'Hecatombe en descend ; pacifique presage.

Cryseide tresaille en touchant le rivage.

Ulisse la conduit, il arrive à l'Autel ;

Et la remet enfin dans le sein paternel.

Jouis, dit-il, Crysés d'une si chere vûë,

Au gré de tes souhaits ta fille t'est renduë.

D'Atride avec plaisir j'execute la Loy.

Mais , par sa liberté déja quitte envers toy ,

Il veut que dans ces lieux, de ton Dieu tutelaire,

Un Sacrifice auguste apaise la colere.

Crysés presque sans voix en ces heureux momens,

Exprimoit ses transports par ses embrassemens.

Où conduit l'Hecatombe à l'Autel sanguinaire.

On fait tous les aprêts qu'exige le Mystere ,

Et Crysés reprenant l'usage de sa voix ,

L'adresse au Dieu vengeur pour la premiere fois.

Dieu de Cryse , dit-il , écoute ma priere.

Laisse tomber tes traits de ta main meurtriere.

Et si contre les Grecs mes vœux t'ont animé ,

Qu'ils desarment aussi le bras qu'ils ont armé.

Il dit , au cœur du Dieu la vengeance est éteinte,

Du sang de l'Hecatombe alors la terre est teinte ;

Et les taureaux sanglants avec choix aprêtez ,

Sont pour offrande au Dieu dans les flames jettez.

Une sainte jeunesse à l'Autel assiduë

Presente au saint vieillard la liqueur attenduë,

Sur la victime ardente il épanche le vin ,

Et les feux irritez devorent leur butin.

Un festin solemnel succede au Sacrifice.

Tous celebrent ce jour , chantent le Dieu propice ;

Leur chant refpectueux jufqu'au Ciel eft porté ;

Et le Dieu qui l'entend luy-même en eft flatté.

La nuit vient ; au Vaiffeau tous alors s'affemblerent,

Le fommeil abregea la nuit qu'ils y pafferent.

Et l'Aurore brillante en annonçant le jour

Les voit impatiens preparer leur retour.

Ils relevent le Maft ; les Voiles étalées

Par un vent favorable auffi-tôt font enflées.

L'Onde au tour de la proüe écume à gros boüillons ;

Et le Vaiffeau fuyant trace de longs fillons :

Prompt, de Cryfe & du Camp il parcourt l'intervale.

On arrive, la joye en longs cris fe fignale.

Le rivage reçoit la Troupe & le Heros.

Tous fous leurs Pavillons vont chercher le repos.

Mais fous celuy d'Achille il ne peut s'introduire.

Ce Guerrier y nourrit la fureur qui l'infpire,

Et hâte par fes vœux & fa divifion

La honte de la Grece & l'honneur d'Ilion.

Le douziéme Soleil alloit fournir fa route.

Il voit rentrer les Dieux fur la celefte Voute ;

Et Thetis qui comptoit ces momens precieux,

Quitte avec luy les eaux & le devance aux Cieux.

Jupiter écarté s'offre feul à fa vûë.

Là, cedant aux tranfports d'une mere éperduë,

Thetis devant ce Dieu prompte à s'humilier,
Par ses tendres respects commence à le prier :

Digne Maître des Dieux , si jamais de son zele
Thetis vous a donné quelque gage fidele :
Que la reconnoissance en tombe sur mon fils.
Vangez son nom flétri par d'odieux mépris.
Que les Grecs repoussez & déchûs de leur gloire
Reviennent à ses pieds mandier la victoire.
Vangez l'honneur d'Achille, & faites que ses jours
Du moins soient glorieux , s'ils doivent être courts.

Jupiter à ces mots garde un sombre silence.
Thetis à ses genoux rebouble son instance.

Parlez , éclaircissez vos sentimens confus,
Prononcez sans égard la grace ou le refus.

Qu'osez vous exiger , dit le Dieu du Tonnerre,
Vos vœux jusques au Ciel apportent-ils la guerre ?
Vous sçavez pour les Grecs la faveur de Junon ;
Elle voit à regret subsister Ilion.
Par ses moindres honneurs sa colere est émeüe,
Mais partez , dérobez vos desseins à sa vûë.
Allez à vôtre fils promettre un prompt succez ,
Rien ne peut dans mon cœur balancer vos souhaits.
En doutez-vous encor ? j'en jure par moy-mêm
Je me lie à vos vœux par ce serment suprê

Il incline à ces mots son front imperieux,
Et ce seul mouvement ébranla tous les Cieux.
Thetis vole à l'inftant vers fes grottes profondes ;
Et franchiffant les airs fe plonge fous les ondes.
Jupiter moins émeu va retrouver les Dieux.
Un timide refpect les faifit à fes yeux.
Tout fe leve, il s'affit, Junon feule l'aproche :
Elle oze à fon époux adreffer ce reproche.

Quelle Déeffe ailleurs a pû vous arrêter ?
Et quel nouveau deffein vient-on de projetter ?
Faut-il malgré mon rang & vos flames paffées,
D'un voile injurieux me couvrir vos penfées ?

Eh quoy, répond le Dieu, fur quels droits établis
Voulez-vous qu'à vos yeux mon cœur foit fans replis ?
Les droits de vôtre rang ne font pas fans limite.
Avant les autres Dieux vous devez être inftruite.

Mais il faut que Junon fans me rien reprocher
Ignore avec refpect ce que je veux cacher.

Quel difcours ! dit Junon, & quelle injufte plainte ;
D'un defir curieux démêlez mieux ma crainte.
Non, je ne cherche point à fonder vos projets,
Mais vous offenfez-vous fi j'en crains les effets ?
J'ay furpris devant vous Thetis humiliée ;
De fa prefence icy je me fuis effrayée.

Et, je le vois trop bien, pour prix de ses respects
Vous allez à son fils sacrifier les Grecs.

Il est vray, dit le Dieu que ce discours offence,
Vos soupçons pénetrans trahissent ma prudence ;
Mais de ce vain succez quel fruit esperez-vous ?
Il aigrit vôtre peine autant que mon couroux.
Ne vaudroit-il pas mieux, dans un sage silence,
D'un respect apparent voiler vôtre impuissance.
Et ne point irriter d'un reproche odieux,
Le Dieu qui voit sous luy trembler les autres Dieux.

Junon tremble au discours que Jupiter prononce.
La frayeur dans sa bouche arrête sa réponse.
Tout se tait ; & les Dieux paroissent interdits.
Vulcain oze luy seul proposer ses avis.

De quel chagrin, dit-il, devenez-vous la proye ?
Faut-il de tous les Dieux empoisonner la joye,
Et l'indigne joüet des desirs des mortels,
Faut-il nourrir icy des troubles éternels ?
Ma mere, à vous prier ce doux nom m'autorise,
Montrez à Jupiter une ame plus soumise.
Contre ses volontez ne cherchez point d'apuy.
Tout le pouvoir des Dieux disparoît devant luy.
Prevenez son couroux, & que vôtre tendresse
Sur son front obscurcy rappelle l'allegresse.

D'une riante coupe apuyant ces propos,

En l'offrant à sa mere, il poursuit en ces mots.

Vous ne sçavez que trop ma funeste avanture,

Et quel fruit j'emportay d'un impuissant murmure,

Quand du Maitre des Dieux irrité contre vous,

Mon amour genereux condamna le couroux.

Dés l'Aurore, jetté de la celeste Voute,

Le Soleil vit ma chute en achevant sa route,

Et trouvant dans Lemnos d'autres cœurs moins cruels,

Je me plaignis des Dieux dans les bras des mortels.

La Déesse sourit, Vulcain alors s'employe

A confirmer par tout ce presage de joye.

Tous les Dieux reprenant un visage serain,

Reçoivent le nectar de la main de Vulcain.

Luy-même il s'aplaudit ; & le ris qu'il excite

Commence les plaisirs où sa voix les invite.

La Lyre d'Apollon, les Concerts des neuf sœurs

Aux charmes des festins ajoutent leurs douceurs,

Ainsi, par le plaisir leur trouble se repare.

Mais le jour disparoît, & la nuit les separe.

Tous vont dans ces Palais que d'une adroite main,

Leur a bâtis au Ciel l'ingenieux Vulcain.

Et Jupiter, que suit son épouse immortelle,

Va se livrer luy-même au sommeil qui l'appelle.

Fin du premier Livre.